Todas las camas eran cucheta

Todas las camas eran cucheta

Marcelo Maccio

Maccio, Marcelo Roberto
   Todas las camas eran cucheta / Marcelo Roberto Maccio.
1a ed . - La Plata : Ediciones en llamas, 2018.
   96 p. ; 21 x 15 cm.

   ISBN 978-987-42-8461-7

   1. Libro de Historias de Viaje. 2. Narrativa. 3. Cuentos.
I. Título.
   CDD A863

1ra edición 2018
100 ejemplares

Diseño de tapa: Mauro Maccio
Ilustración de tapa: Martina Maccio
Maquetación: Martina Maccio

A Chichita, siempre conmigo.
A Raúl.

Prólogo

Por **Edgardo Scott**

Un prólogo siempre se debate entre dos destinos. Si un libro y un autor son buenos, tiene algo de innecesario; si ocurre lo contrario, es infame y es una pérdida de tiempo más que demanda el libro insufrible. Pero también hay todo un arte del prólogo, que suspende y supera ese juicio de valor para sencillamente comunicar una experiencia de lectura y fascinación. Entonces el prólogo funcióna como el marinero subido al poste más alto que a lo lejos y antes que nadie divisa la costa o la ballena. Y grita.

Todas las camas eran cucheta es esa clase de primer libro de relatos que ya incluye el estilo, todo el mundo -el nuevo mundo- del autor. Marcelo Maccio se presenta con este libro, este libro presenta a Maccio, y los dos órdenes se funden e inspiran a la perfección. Tal vez porque mucho de la urgente novedad, como siempre, le deba a la tradición. Desde el primer cuento que leí de Maccio, pensé en la voz de Felisberto Hernández. Y nunca nadie me había hecho pensar o recordar a Felisberto -o sí, Hebe Uhart, pero menos o distinto, lo cual también está muy bien para hablar de este libro-. Por supuesto, cuando se lo dije al autor, Maccio no había leído a Felisberto. Eso suele pasar más de lo que se cree, los que más heredan o reciben una influencia suelen ser los que la ignoran. La literatura opera de esa forma; es una extraña familia donde las herencias adquieren linajes impensados y bastardos. Y en eso probablemente, en esa evasión de cualquier burocracia, resida su justicia.

Todas las camas eran cucheta evoca un tiempo mítico. Por eso, también pensé en Felisberto y su *Por los tiempos de Clemente Colling*. De manera que el recuerdo será toda una materia en este libro. Pero el recuerdo es una operación–« la memoria no es solo recordar u olvidar », cito-, un trabajo, un desliz, que siempre dice menos del pasado que del presente. Esta trágica o al menos grave evidencia es disimulada con elegancia por Maccio para que parezca que sólo se trata de entretenidas crónicas de viaje; de un viajero joven, atento y a la vez nada obsesivo, que registra y retiene sólo lo imprescindible, sólo aquello que posee o le entrega algún tipo de verdad, experiencia o poesía. Por eso es tan engañoso como fascinante la enumeración de ciudades: La Habana, Berlín, Fez, Roma o la Isla del sol son nombres propios y geográficos que apenas dibujan un contorno donde la narración y las impresiones serán bella y hasta melancólicamente impredecibles.

Y además está el humor. Maccio construye una voz que rápidamente seduce y escucha; una voz que en la justa brevedad de estos traslados, de estas ficciones, irá armando lo único que necesita transmitir un escritor, un artista: su sensibilidad. Una sensibilidad original. Una sensibilidad que ya sea esté en Nueva York o en Cuchi Corral se pregunta: « ¿Qué pasaría por mi cabeza si caigo en caída libre? » Y que entiende la llegada de la muerte como la proyección de un cortometraje donde el problema son, otra vez, los recuerdos: « Imagino insertar al menos un recuerdo de mis viajes, pero no sé cuál y no puedo decidirme. » Ya sabemos que aunque suene trágico, para Maccio no hay ninguna tragedia, ese recuerdo ausente sabrá comprarlo por el camino, y si no lo inventará. Al fin y al cabo los recuerdos no son tan diferentes de los sueños. *Todas las camas eran cucheta* es un libro precioso, maduro y flamante, de esos que uno siempre tiene ganas de prestar o compartir, porque por supuesto, nos ha otorgado un privilegio: al leerlo fuimos felices, y al recordarlo también.

Berlín

Tengo muy pocos recuerdos con mi papá. Tengo una imagen arriba de un auto despintado, con los asientos descosidos, desvencijados y rotos. Es de noche, en plena ruta oscura y con pozos. Vidrios empañados. Todo el trayecto en silencio. Los pocos viajes que hice con mi papá son del pueblo a la ciudad –nunca a la inversa, ese tramo lo cubría en colectivo, solo-, y nunca salimos de la provincia de Buenos Aires.

Sí tengo otros recuerdos. Un verano en Arturo Seguí, cazando pájaros hasta llenar la pajarera; luego soltarlos y verlos así, volando con un prejuicioso rumbo equívoco, desesperados, apurados, en todas direcciones (¿acaso ellos sabrían a donde volvían?). A los pocos días algunos reincidían y caían otra vez en la trampa: una red sostenida con un palo, atado a un hilo largo que tirábamos para tumbar el palo y atrapar el pájaro en la red.

Una de esas tardes en que liberábamos pájaros, con el sol bien alto, me acuerdo que mi papá hizo una reflexión, imagino que a modo de enseñanza. Algo de la libertad, el Estado, los poderes y el mercado. Recuerdo esas palabras, y me acuerdo que no entendí qué me quiso decir.

Recuerdo todo esto mientras el tren va entrando a la estación principal de Berlín, con un nombre imposible de escribir o pronunciar, como todo el alemán para mí. Luego googleo el nombre, pero no lo escribo porque sigo sin saber pronunciarlo.

Es muy raro el funcionamiento de la memoria en Berlín. Está el Museo del Holocausto, una plaza con bloques de cemento en distintas alturas que uno debe cruzar o caminar en zig-zag para experimentar el sentir judío, la persecución. Hay trozos largos del muro convertidos en la exposición de graffitis a cielo abierto más grande del mundo. Funciona distinta la memoria en Alemania, como funcionan distintos los trenes, los bares y las plazas. Pero la memoria debería ser distinto. La verdad y la justicia. El olvido y el perdón. La reparación y los indultos. La memoria no es solo recordar u olvidar, pienso.

Con la espalda apoyada en un retazo del muro, uno de esos que están repartidos por la ciudad, me acuerdo otra vez de mi papá, creo que sonrío, y concluyo que todo pasado fue mejor. Y es fácil de asumir la máxima. Recuerdo sonrisas, recuerdo los almuerzos familiares, las ocurrencias de mi tío, los asados de mi abuelo, jugar en el jardín, el pelo largo de mi papá. Y no recuerdo problemas. Si los hubo, se solucionaron; y si no se solucionaron, no eran problemas, eran contexto, eran constantes y aprendimos a vivir con ellas. Siempre se es feliz en el pasado, siempre se puede escapar del presente y gozar del calor de lo que fue, de la felicidad retenida en fotos mentales, guardadas en la mente como una caja de cristal, como los pájaros escapando de la pajarera felices al reencuentro tonto de la libertad inútil.

Pero todo eso mentira, es cliché. El pasado no fue mejor. El pasado no es una caja de cristal, sino un cubo de acrílico relleno de retazos de lo que preferimos guardar después de cortar lo bochornoso, lo problemático y traumático de lo que fuimos. El pasado está minado de problemas, que no todos se solucionaron, y que los que siguen ahí, continúan siendo problemas. Las constantes solo existen en matemáticas o en la desigualdad de oportunidades.

El pasado fue mejor sólo para los que necesitan de una excusa para no hacerse cargo del futuro. Para los que quieren escapar de lo que viene refugiándose en el calor maldito del recuerdo, ese infierno propio donde ardemos nosotros, los tres, el que fuimos, el que somos y el que podemos ser.

El frío del concreto del muro me obliga a dejar los recuerdos y retomar la marcha. Hay sol pero Berlín tiene un frío capaz de paralizar los rayos. Berlín, si quiere, es invierno permanente, parece. Si lo desea, Berlín anula el verano.

Camino y me acuerdo otra vez de mi papá. Una tarde en la República de los niños. Me había regalado una camiseta de fútbol que fuimos a estrenar y cuando me la puse me quedó grande. Me acuerdo la burla de mi hermano. Me acuerdo la risa de mi papá que cuando se ríe deja al descubierto el hueco de una muela extraída.

Berlín me sorprende; es a la vez más y menos de lo que esperaba, y no estoy seguro de qué esperaba encontrar.

Camino y por azar o destino me cruzo un monumento enterrado en una vereda, que recuerda la quema de libros en 1933. Miro por el vidrio, saco la foto de rigor, y después me siento en unos escalones cerca, creo que son de una iglesia. Viajar solo me permite ir a mi ritmo. Vuelvo al lugar conmemorativo y ahora hay dos chinos sacando fotos por el vidrio, una, dos, muchas, hacen diferentes poses. Me doy cuenta de que los alemanes también elijen poner sus recuerdos en cajas de cristal, vitrinas de acrílico o cubos de vidrio. Ahí está su pasado, ahí están sus recuerdos. Ahí decido dejar mis recuerdos con mi papá, y me quedo un poco yo también, entonces.

Un lugar para volver si alguna vez no quiero hacerme cargo de mí.

La Habana

Aladeila me adoptó como un hijo. Hicimos planes que sabíamos que jamás íbamos a realizar. El que más hacíamos y deshacíamos era ir a los bailes a los que ella concurría, por la tarde, en la zona de Miramar. Siempre me dijo que le encantaba bailar, pero por lo que me contó después, imaginé que iba con el propósito de encontrar a alguien. A alguien que había conocido hace mucho tiempo pero que no recordaba, y no por ella, sino para que le haga compañía a su gato, que se quedaba solo por las noches mientras ella trabajaba en el hotel. Al desayuno me preparaba huevos, pese a mi insistencia de que no lo hiciera. Me decía que tenía que acostumbrarme al desayuno típico cubano. Yo le decía que los huevos son tradición yankee. Nunca nos pusimos de acuerdo.

Tanaka era un comodín, un diferente. En mi estancia en el hotel jamás entendí su rol, si es que tenía uno, o si eran tantos que imposibilitaba conocerlos a todos. Dormía en una bolsa de dormir en la sala común, en una esquina, pegado a la ventana que salía al balcón del frente. Hablaba con todo el mundo, participaba de los rituales típicos del lugar, pero no pertenecía a la casta de trabajadores.

Xiomara se convertía en un gran hermano al que nadie veía. Pero todos hablaban como si estuviera entre nosotros.

Desde mi llegada fui apodado El Argentino. Me gustaba un poco ese apodo, no porque representara mi país, sino porque hacia dentro del hotel, tras haber conocido -creo que era ella- a Xiomara y me tratara por mi flamante apodo, recibí entre el resto de la gente que deambulaba ese lugar un cierto estatus, solo por tener un apodo, que hizo que todos me conozcan. Y quienes no me conocían, al saludarme me decían sorprendidos, "ah, tu eres El Argentino", y yo no los conocía pero los saludaba igual.

Un día pude ver el proceso de selección de huéspedes. Porque parece que aquel ecosistema no estaba abierto a todos. Me reconfortó que yo pudiera formar parte durante aquel tiempo de ese lugar. El candidato en cuestión, con o sin recomendación, llegaba a la alta puerta sobre la calle Aguilar. Paso número uno, tocaba timbre. En ese momento, mediante circuito cerrado de video se decidía en segundos si se lo dejaba pasar o no. Si pasaba la prueba, se accedía al segundo piso por una estrecha y empinada escalera que cada día cambiaba el número de escalones. Tras algunas rejas sorteadas, se llegaba a la sala y ahí se disponía el paso dos. Cualquier miembro del ecosistema podía participar de la selección, con distintos niveles de poder de veto. Simplemente podía pasar y deslizar comentarios como "tenemos un nuevo huésped", o "creo que no quedan lugares", y así se iba formando la decantación en el paso tres. Los que lograban penetrar la barrera y conocer las habitaciones debían optar por sí o por no, sin saber que en verdad no eran ellos los que elegían su destino, sino que el hotel ya había elegido por ellos.

El ecosistema funcionaba a la perfección y constituía al Hotel en uno de los reductos más particulares y apetecibles de La Habana. No era aquel un engranaje perfecto, sino que por el contrario, cuanto peor era el andar de aquella máquina, con mayor habilidad las criaturas formaban un equipo para combatir los imprevistos. El más periódico era el del agua. Al ser las instalaciones tan antiguas y exigidas por encima de sus posibilidades, eran frecuentes las roturas y consecuentes cortes de suministro. Cuando el líquido corría, unos a otros nos avisábamos que podíamos darnos una ducha, cepillarnos los dientes o utilizar el baño. Recuerdo una mañana de invierno muy fría en que no había agua y yo en verdad necesitaba una ducha caliente para enfrentar el día. Me explicaron el escollo y rápidamente ideé un sistema paralelo que nos iba a permitir tener unos minutos de agua. Así fue. Primero se duchó Tanaka y luego yo. Para el resto ya no hubo agua. En festejo, agregamos un poco de ron al desayuno. Ese café, me dijeron, tiene un nombre que ya olvidé.

Un día luego del desayuno, los huevos de Aladeila y los planes que jamás llevaríamos adelante, Tanaka despertó y fue a donde suponíamos dormía Xiomara. Del fondo -jamás sabré que había detrás de esa puerta roja- trajo algunos instrumentos. Yo toqué el Djembé, Tanaka unas bolas para llevar el ritmo y otro miembro del ecosistema tomó un instrumento que dijo era australiano y conocía. Durante algunos minutos tomamos ritmo y luego improvisamos un tema al que llamé El Mestizo.

Llegada mi despedida del lugar, Aladeila me preparó los típicos huevos pero en agasajo agregó algunas fetas de jamón al desayuno, gesto que yo agradecí con promesas de envíos desde Argentina de discos de tango. Luego, me explicaron que por mi agradable -creo que alguien pronuncio esa palabra- estancia y en auspicio de una nueva visita por el próximo verano, contaba yo con la Visa "luz verde" del HotelSinNombre, que significaba podía regresar e incluso recomendar desde el ostracismo al que me estaba por someter para el ecosistema, a nuevos integrantes que ya no deberían enfrentar el paso 1.

Por último, me explicaron cual había sido mi rol aquellos días, cargo que yo desconocía por completo. En el organigrama invisible con Xiomara como único vértice superior, yo ocupe el nexo entre la casta trabajadora y los simples huéspedes. Mi dominio ínfimo de inglés me permitía explicar nociones básicas de convivencia, lo que constituía mi única arma para ocupar el cargo. Eso me ayudo a conseguir mi Visa "luz verde", y también a ganarme algún café o jugo de guayaba gratis junto a los trabajadores. Yo estaba en el escalón inmediato debajo de Tanaka, pero encima del simple huésped.

Mis días en el hotel transcurrieron en un tiempo que no fue lineal y el cual estuvo exento de terrena temporalidad. Nunca supe cuantos días estuve ahí, si fue uno o si fueron años. Solo recuerdo que hubo días de sol, lluviosos, de nubes. Días intrascendentes y otros memorables. Tengo más recuerdos, y podría haberlos contado, pero creo que con esto es suficiente.

Bangkok

Hace dos noches tuve un sueño, o una pesadilla, no me acuerdo bien. Me desperté con una sensación rara. No suelo soñar, aunque muchos aseguren que todos los días lo hago, pero no recuerdo hacerlo mucho. Y si no recuerdo haber hecho algo, digo que no lo hice.

Al despertarme tuve la misma sensación que cuando me perdí en Bangkok. Entrados los años dosmildiez y algo, estaba en Tailandia después de haber transpirado en Camboya, Vietnam, Myanmar, Bután y Laos. Si alguno visitó esos países, sabe lo que es el calor.

Es difícil saber en qué momento uno está perdido. ¿Es acaso el estar perdido un hecho en sí mismo o una circunstancia pasajera? ¿Cuándo uno vuelve a hallarse o (re)toma el camino correcto, dejó de estar perdido, el hecho anterior se borra? Saber cuándo se empieza a estar perdido es, entonces, difícil de descubrir: si es al doblar mal en una esquina, si al bajar mal de un colectivo, si al pasarse de la calle o al equivocarse de tren. Uno sabe que está perdido, pero pocas veces sabe desde qué momento lo está en realidad.

En Bangkok las circunstancias fueron confusas. Me desperté de mala gana. Me despertó, en verdad, el chofer de un tuktuk, con malos tratos. Todavía no sé por qué ni dónde me bajé de esa moto convertida en taxi, en bus, en transporte semipúblico; pero al instante supe que estaba perdido.

No era el hotel, no era el aeropuerto, no era mi casa (yo nunca viví en Tailandia). No era nada conocido. A decir por los letreros y el olor a comida que inundaba la estrecha calle, era Asia, esa era una certeza. Por la hora y no tener recuerdos de pasos fronterizos, debería seguir siendo Tailandia. Por las ofertas de una agencia de turismo, era Bangkok. Ese era todo mi capital de conocimiento.

Después de parpadear decenas de veces, secarme la transpiración otras tantas y bostezar algunas más, recuerdo que caminé. No tenía plata, no tenía celular, si tenía algo de fuerzas y de voluntad. No tenía sueño ni resaca.

Caminé, pregunté, volví a caminar, creí encontrar el camino y me encontré de nuevo perdido. Repetí el procedimiento algunas veces, hasta que el final fue otro. Encontré el hotel, encontré la habitación, encontré a mi amigo compañero de viaje durmiendo desnudo sin preocupación abrazado a una asiática.

Me acosté, me di gracias a mí mismo, y putié al chofer del tuktuk, primero porque recordé su olor a transpiración impregnado en la camisa roja que usaba, y segundo por bajarme en cualquier lado, aunque no recordaba de dónde venía ni a dónde iba por entonces. El calor no cesaba y el ventilador giraba con pena incesante. Me dormí entre confundido, enojado y tranquilo por estar ahí.

Hace dos noches tuve un sueño, o una pesadilla, no me acuerdo bien. Al despertarme tuve la misma sensación que cuando me perdí en Bangkok. Ese día, también había soñado que me perdía.

Fez

El taxi era rojo, como todos los taxis en Fez; y muy chico, como todos los taxis en Fez. No recuerdo el modelo ni la marca. Si me acuerdo que fue el tercero que paramos, el primero que aceptó hacer el viaje con el taxímetro prendido calculando la tarifa. En lugares donde el regateo es norma, la ley queda obsoleta.

Subimos en una de las puertas de la medina y nos dirigimos a la "ciudad francesa", a la parte más antigua de la ciudad nueva. El viaje fue corto, nos costó unos pocos dirham y el chofer nos dejó en una esquina sin semáforo, justo frente a donde comenzaba una larga fuente que se mezclaba con un estanque sin peces y que tenía continuidad por dos o tres cuadras más.

Una avenida ancha flanqueada por palmeras desalineadas, transitada por todos los autos que no entraban a la ciudad amurallada. Caminando éramos pocos, y nosotros parecíamos los únicos que vagábamos sin rumbo. Sin querer nos cruzamos una muestra de arte que recorrimos con poco entusiasmo y una casa en ruinas a la que fotografiamos casi por costumbre.

Después de un rato de estar paseando, me di cuenta que ya habíamos cruzado varias personas con envases de vidrio en bolsas marrones opacas y pocas cuadras después descubrimos –la vi yo, pero el descubrimiento fue compartido- una puerta donde nos pareció evidente que dispensaban alcohol. Allá fuimos.

En las ventanas que daban a la calle habían colocado un vidrio rugoso que impedía mirar al interior, y la puerta corrediza solo dejaba una luz de unos veinte centímetros por donde espiar, pero poco se veía. El respeto se imponía al marketing y las normas implícitas eran respetadas con la misma rigurosidad que se hacía en las mezquitas, que se multiplicaban por cientos a pocos metros de ahí.

Por ser el único hombre del trío se dio por entendido que me tocaba hacer la compra. Corrí la puerta y la primera sorpresa fueron los tres escalones que debía bajar y que desde la calle no imaginaba. Tampoco la luz roja y suave que dominaba el lugar. Apenas atravesé el umbral y después de que salió el único cliente que estaba adentro, y que se llevaba una bolsa marrón opaca, corrí la puerta para cerrarla. Cuando volví a girar ya tenía parado frente mío un marroquí que creo me habló en árabe, a lo que sólo pude responder ¿español?, que tras un "poquito" le agregó su amplia oferta: "Berever, français, english?". "Français, français. Je peux parler français" pronuncié con acento de la pampa húmeda argentina, y sin pausa agregué "Biére, biére". Algunas señas, palabras sueltas y movimientos de cabeza completaron la selección de la mercancía y dejaron casi terminada la transacción: solo faltaba pagar. 210, dijo él. 150 retruqué rápido. Sin que medie palabra me retiró las cervezas, que guardó bajo el mostrador, y me despidió ahorrándose la cortesía. "Desolé, excuse moi, pardón, pardón" arremetí mientras daba por perdido todo el operativo de la compra. Todavía sin devolverme la bolsa me dio la última posibilidad: "250".

Salí con la bolsa marrón opaca todavía confundido por la secuencia, y mientras llegaba a la esquina donde estaban mis amigas caí en la cuenta que, como lugar sagrado que constituía, en esa despensa de alcohol no corrían las mismas normas que en el resto de Fez. El funcionamiento era sagrado como en una mezquita. Me maldije por no haber previsto todo aquello. La cultura me jugó una mala pasada, y me acordé que para que en otros lugares incumplir la ley sea la regla, deben existir excepciones.

El asunto me dejó algo perturbado. Cuando más creí entender el funcionamiento, la ley misma me despertó de un cachetazo que encima me costó un par de euros, porque por vergüenza no blanqueé lo sucedido con mis amigas, por lo que el aumento automático por extranjero que ligué, salió de mi bolsillo.

Cruzamos un policía o un equivalente del aparato estatal monopolizador de la fuerza marroquí y para hallarnos en ese mar de confusión -en que estaba solo yo pero arrastré también a mis amigas- preguntamos si era posible tomar mientras caminábamos por el barrio. No nos sorprendió cuando nos negó esa posibilidad y nos aconsejó que solo tomemos alcohol dentro de la habitación del hotel, ni siquiera en el área común, remarcó.

Eso nos dispusimos a hacer. Paramos el primer taxi rojo chico que vimos. "No voy para ese lado", nos respondió.

Otra vez no entendimos. El rótulo de extranjeros se nos anteponía en cada ocasión de contacto con nativos o residentes. La subsistencia se hace cuesta arriba cuando uno no puede asimilar detalles de cotidianeidad. Saberse extranjero es fascinante, pero cuando la distancia la plantea el otro, la euforia tambalea sobre el nerviosismo.

Cuando el taxista habría hecho unos 300 metros, me pregunté qué significaba eso de evitar ir a ciertos lugares de la ciudad, cuáles serían los hechos que motivaban esa decisión de este lado del mundo. Y en mi mente concluí que algunos se sienten extranjeros incluso en su misma ciudad. A la par que pensaba, paramos otro taxi, que nos llevaba y aceptaba utilizar el taxímetro. Las chicas subieron atrás, yo como acompañante.

Seguí pensando en ser extranjero y sentirse como tal. Fui extranjero en muchos lados, pero no siempre me sentí como en ese momento: excluido, apartado, señalado. Identificado. ¿Pero por qué un taxista marroquí se sentía también extranjero? ¿Nos unía entonces el hecho de sentirnos excluidos? Me respondí que no, que no era la misma cosa, porque al fin todos somos extranjeros en algún lugar. Lo malo, es ser extranjero de uno mismo, me dije.

Un pozo me sacudió y me trajo de nuevo a la realidad del taxi rojo en donde estaba. No sé quién había comenzado la charla, pero en un español básico el taxista contaba con otras palabras que había nacido en un pueblo pequeño y que se había mudado a Fez para buscar un mejor pasar para él y su familia. Le pregunté si en el interior las posibilidades son menores que en las grandes ciudades, y en su respuesta que no entendimos, habló de desigualdad social y nombró a Mandela. Eso fue todo.

Bajamos en la misma puerta de la medina donde habíamos tomado el taxi de ida. Desde ahí, el hotel era cerca si respetábamos el camino conocido. Caminamos unos tres minutos por una calle que primero doblaba a la derecha y después un poco a la izquierda. Doblamos a la derecha, por una calle que era un sin fin de largos escalones de distintas alturas, con vendedores a ambos lados y por donde cada cierto tiempo pasa un burro, pero nunca el mismo. A medida que avanzábamos, detectamos el olor a curtiembre al que nunca nos terminamos de acostumbrar. Por suerte yo todavía tenía una ramita de menta en el bolsillo. Cuando terminamos de pasar por el lateral de la mezquita -la segunda, no la primera-, doblamos a la izquierda, y tras unos pocos metros llegamos al hotel.

El calor de la habitación nos obligó a subir a la terraza, donde nos encerramos con llave. Una vez a salvo, destapamos y brindamos.

Roma

Era un día de julio de 2013, hacía calor en toda Europa y Roma no era la excepción. Debería ser miércoles o jueves, fin de semana no era seguro. Había pocas camas ocupadas en el hostel, o al menos en esa habitación. Me pareció simpático que las habitaciones se llamaban como los continentes si eran grupales, o como países si eran privadas. Yo estaba en América del Norte. Después me contradije o cambié de opinión y esta idea me pasó a parecer mala, errónea. Empecé a encontrarle fallas y desaciertos, igual que al hecho de llamar a las salitas de los jardines de infantes por colores o animales. En el hostel Oceanía no existía y Europa era la única habitación con ventana a la calle, lo que le daba ventilación y luz natural.

En la habitación todas las camas eran cucheta y cada una contaba con una luz que emulaba el sol, por encandilar pero sobre todo por el calor. Las primeras noches tuve que reprimir el deseo de leer porque el exceso de calor como precio me pareció demasiado. Recuerdo algunos pares de ojotas en el baño, muy usadas y con dueños inciertos; un par de sandalias de mujer y otro de hombre de una pareja joven que quise suponer eran de la India. En el extremo contrario a mi cama había un ventilador –siempre penosos en los hostels-, y remataban la decoración un mueble metálico de lockers sin candados ni cerraduras que todos evitábamos usar, una ventana con la persiana cerrada que daba a un pasillo interno, un cuadro del Coliseo de noche con un marco violeta y un par de borceguíes de cuero y con abrigo dentro que desentonaban con el resto de la escena.

En la recepción trabajaba un santafesino que renegaba de su condición de rioplatense: no le gustaba el mate, no le gustaba el fútbol y decía que hablaba "español". A eso le agregué que seguro prefería pasta al asado y rubias alemanas a morochas rosarinas; pero esto no pude corroborarlo. Cuando me dijo que era de Venado Tuerto le pregunté el nombre, Juan Martín. No era el que yo imaginaba en esas circunstancias.

Pero lo curioso no era el santafecino de la recepción, las ojotas del baño sin dueño y tampoco las mellizas belgas que fumaban porro en ropa interior en el patio a la tardecita; sino los borceguíes, o el dueño de ellos.

Creo que era miércoles, sí, porque el viernes, dos días después fui a declarar a la fiscalía. Ese miércoles donde el calor decía presente con fuerza, también lo hizo la muerte. Creo que es un cliché, pero siempre asocié la muerte al frío. La nieve, la huesuda y su beso helado en una noche de invierno. Pero ese día la muerte se calzó ojotas y musculosa, y de no ser porque estaba en ese hostel de Roma, seguro hubiera ido a una playa; como también todos nosotros hubiésemos hecho. Pero estaba ahí, personificada en el ¿inglés? ¿irlandés? ¿finlandés?, dueño de los borceguíes.

No vi muchos muertos en mi vida. No es un espectáculo que goce, entonces lo evito. Esa vez no pude. Creo haber sido el primero o segundo en ver al muerto, aunque eso no sea ningún mérito sino pura circunstancia. Cuando lo vi por primera vez no tengo la certeza de si ya estaba muerto o no. No avisé a la policía ni al santafecino. Sólo lo miré y seguí camino al baño del fondo del pasillo que compartíamos los pocos huéspedes de las dos habitaciones de la planta baja: América del Norte (que no estaba arriba) y América del Sur.

Del australiano muerto –yo apostaba a finlandés, pero para jugar a gentilicios no soy muy bueno- recuerdo que cuando me interrogaron en la fiscalía (no se llamaba así pero no recuerdo el nombre real), dije que seguro había muerto despierto y no dormido, de un paro, como me habían confirmado después la pareja que, acerté en ese caso, era de la India-. Me preguntaron por qué afirmaba eso, como si la posibilidad de un homicidio los excitara. "Porque tenía expresión de que lo mató un disgusto, un mal pensamiento, un dolor sentimental", le dije al traductor, que en un italiano rápido lo transmitía al fiscal y una chica que no sé quién era pero estaba junto a él. Los tres desilusionaron su cara e imagino que sus cabezas casi al mismo instante, aunque el traductor los aventajó por segundos. No me hicieron muchas más preguntas que hayan valido la pena recordar.

Confirmo que fue un miércoles, porque el viernes ya había dejado Italia; y junto a la del jueves fueron dos noches difíciles. Tuve que dormir (tras el episodio otros huéspedes abandonaron el hostel pero yo no) en la misma cama que lo había hecho las noches anteriores, lo que significaba una distancia de unos cinco metros con la cama –ahora desierta- del australiano muerto.

Los bienes son efímeros en los hostels. La cama que pertenece un día a uno, al día siguiente puede pertenecerle a otro, y así con cada uno de los días de la semana. El baño, un lugar íntimo y personal, es en los hostels un lugar sin intimidad, sin personalidad, más de paso que de pensamiento o reflexión. Si cometemos el error de pensar quién, y en qué condición, usó antes la almohada y el colchón, preferiríamos dormir de pie. En los albergues nos quieren convencer que tenemos nuestra privacidad pero con posibilidad de ser parte de un grupo heterogéneo siempre buena onda, pero tales cosas no existen: no existe la privacidad, lo mío; y tampoco existe el nosotros, lo nuestro. En los hostels, no existe nada.

Y la cama del australiano, imagino llamada así hasta que el hostel renovó sus huéspedes por completo para que luego nadie vuelva a nombrarla de esa forma, quedó vacía y sin rastro que contara lo que en ella había sucedido. Y yo me pregunté si en mi cama no habría muerto también otro australiano, o si no era también mi destino morir algún día en la cama de un hostel.

Pero no era eso lo que el miércoles y jueves no me permitió casi dormir. Los muertos no me dan placer ni goce, pero tampoco miedo. Era mi situación irregular en suelo italiano y mi visita del viernes a la mañana a declarar lo que me sacaba el sueño. Temía que la justicia descubriera y hurgara en las ilegalidades que transcurrían en ese momento y de las cuales era protagonista.

No volví a Italia en estos años y tampoco quiero hacerlo. Aunque las estadísticas digan que es poco probable, no quiero toparme con otro muerto. Ahora, cada vez que veo un poster o un cuadro del coliseo, me acuerdo de la cama vacía del australiano.

Río de Janeiro

Todo sentimiento, puro corazón y nada pensamiento, cero cerebro. Esa parece ser la máxima para los tres días que dura el carnaval de Río. Si la lista dice plantar un árbol, tener un hijo, escribir un libro; yo modificaría el trinomio: ir al carnaval de Río, donar órganos y escaparse a algún lugar. O: ir al carnaval de Río, ayudar en una ong, agarrarse a las piñas al menos una vez. O, tirarse en paracaídas, ir al carnaval de Río y militar una causa política. Cada uno arme su lista, y aunque no lo incluyan, mediten sobre el tema carnaval.

La mayoría de las veces al viajar conozco las capitales de cada país, pero de Brasil fui más veces a Florianópolis, ese apéndice de Buenos Aires durante algunos costosos años que a Brasilia. Y que encima Río de Janeiro no es más la capital de Brasil, aunque mi abuelo insista en decirme que para él, todavía lo es. Brasilia fue inaugurada y no fundada, un detalle.

En Río hice un tour por la Rocinha y vi lo mismo que en las villas de Buenos Aires. Me acordé del puntero que conocí por mi trabajo, y que me invitó a hacer una visita al comedor, la cooperativa de recicladores urbanos y a la radio comunitaria. Mientras que nos llevaban a la favela como si fuera una salida al circo, me acordé que en mi pueblo no hubo ningún asentamiento hasta bien entrado el dosmildiez y algo; y me pregunto dónde miden el desarrollo. En qué rincón de qué country quedó el orden, dónde se escondió el progreso, ese que proclaman desde la bandera que se convirtió en pareo en todo Brasil.

Lo de mis visitas a las capitales –Brasil excepción- está relacionado con que dichas ciudades son las que concentran más museos, atracciones, transporte, oferta hotelera y tienen carnaval. Pero son también las ciudades más cosmopolita, y me pregunto si es que no conozco siempre la misma ciudad, solo que en distintas partes del mundo.

Pero nada de eso pensé mientras iba en la combi surcando Río. Me acordé de mi pueblo en la niñez, sin asentamientos, con todos mis compañeros de primario criándonos a mate cocido y leche fiada. Mi pueblo, que anexó barrios mientras yo salía del secundario como técnico electromecánico a un país sin fábricas.

No recuerdo el calor de Río, no recuerdo bien qué tocaba la banda en aquel bar de playa la noche en que fui a un bloco en Botafogo. De la Rochina me acuerdo poco, me era imposible no trazar paralelismos con las villas argentinas; con las porteñas, las que más conozco, y como un déjàvu el tour fue recorrer la memoria. Tampoco podría, aunque pase por delante, saber qué bar y que discoteca fueron las que visité en Lapa; reconocer una cara, recordar un nombre, rememorar algún instante, es imposible.

Pero me acuerdo la pila amorfa de latas de cerveza sobre la vereda en Copacabana. Me acuerdo el negro y blanco yendo de menor a mayor y de nuevo decrecer interrumpido solo por pilas monstruosas de latas de cerveza aplastadas, juntadas de una en una por cartoneros, que recopilan aluminio pero igual los asociamos al cartón, aunque éste ya no sea para ellos un negocio rentable.

Y ahí estaba en Copacabana, camino a acrecentar la pila de latas abstraído de la música, de los revendedores, de los menores bailando fanky refregándose vestidos —ellos atrás de ellas, siempre-, inventando esa forma de sexo rítmico como si al feminismo todavía le faltaran años para estallar en los medios.

El frío de la lata se había disipado con la misma velocidad que el calor apareció en mi cuello. Fue un golpe seco, que me quemó la piel y me movió la cabeza lo suficiente para que se me cayeran los anteojos verdes imitación comprados media hora antes en la misma vereda. La primera reacción fue comprobar que la cadenita (nada de oro, poco valor) ya no estaba en su lugar. Luego sin pensarlo (la máxima de poco pensamiento, nada cerebro decía presente), tiré la lata con un resto considerable de cerveza ya tibia a la montaña que segundos antes contemplaba y pensaba como una obra de arte colaborativa contemporánea, y me eché a perseguir al ladrón, sin identificarlo.

Llevaba corridos unos cincuenta metros y chocadas unas diez personas cuando creí divisarlo: bajo, rubio, pelo largo suelto, en traje de baño con el torso desnudo. La piel varios tonos más oscura que en invierno, imaginé.

Pocos segundos después vi su corrida transformada en baile, y con la gracia del carnaval, se mimetizó con el resto de la masa sin que me diera cuenta en qué momento exacto fue. Frené mi persecución y pensé en otra cerveza para relajar la mente. Lata en mano pensé que el ladrón se había escondido en la multitud, y ahora todos tenían cara de sospechosos, todos podían ser, pero nadie era; todos se mimetizaban en la muchedumbre, todos parecían y ninguno era. Y me dije que esa particularidad tiene el carnaval, el mar en Río: de favela o barrio rico, todos están en el mismo lugar, todos son el mismo a la vez, todos divertidos y sospechosos al mismo tiempo.

El resto de ese día lo ocupé en tomar alcohol, deambular por las cuadras de la costanera de Copacabana y seguir sorprendiéndome por la forma de bailar de los más jóvenes.

Al otro día, al relatar lo sucedido, me explicaron que los llaman piranhas, que son menores –muy menores-, que roban en grupos grandes y corren hasta perderse de nuevo en la multitud. Que recuperar lo que robaron es imposible, que las denuncias no existen, y que tuve suerte que solo fue una cadena barata. Y pensé si al que me robó no lo habría visto antes desde el vidrio de la combi, durante el tour; y si en su corrida en vez de escapar de mí no estaría persiguiendo, desordenado, al progresismo.

Dubrovnik

Estoy mirando el mar. Es profundo, es azul, es celeste, hoy no es turquesa. No tengo la suficiente gama de colores o tonalidades para saber su color exacto, que creo no es uniforme. Pero es profundo, eso seguro. Sobre la vía del horizonte marchan algunos barcos o buques. Eso me dice que es profundo, como ahora mi mirada sobre él.

Miro el mar Adriático y por él, nado hasta los otros mares. No los océanos, que son otra cosa, pero si todos los otros mares: los fríos, los cálidos, los que todavía no tienen nombre porque aún no fueron descubiertos y nadie los nombró.

Miro el mar y me zambullo, me lo apropio, lo hago mío. Ahora llevo el mar conmigo a todas partes, yo soy el mar.

Ahora que me adueñe del mar me pregunto cómo algo tan enorme puede pertenecerme.

Recuerdo algunas pertenencias de cuando era pequeño: la tabla de una patineta que encontré tirada, sin ruedas; tres maderas con rulemanes que fueron mi primer auto, un terrario con bichos bolita y alguna araña de patas largas. Algún álbum de figuritas que jamás llegué a completar y una pelota a la que se le habían desprendido algunos gajos de plástico, nunca de cuero.

Vuelvo al mar y pienso en los grandes emperadores que se adueñaron tierras y mares -incluso éste- por todo el mundo. Pienso y confirmo que yo tengo más, porque tengo los mares, los tengo y los comparto. Dejo que otros los miren, los naden, los naveguen o contaminen.

Reflexiono: si con mi mirada pude apropiarme así de los mares, ¿podré hacer lo mismo con las montañas, los cielos o las personas? No quiero probar.

Ser propietario de los mares es un peso grande. No quiero arrastrar eso por siempre. Y sé que no puedo venderlos o subastarlos. No me lo permitiría tampoco. Algo que es mío porque lo miré no debería venderlo. No deberíamos redituar más que aquello que hacemos por obligación.

Y sigo mirando, el Adriático y en él a todos los mares; y los libero, los dejo volver a ser lo que eran, los suelto para que algún nuevo emperador pueda conquistarlos otra vez. Con una guerra, u otra mirada.

Vuelvo a mí, y a mi lado hay un nene que también mira al mar. Me pregunto si no pertenece ya a él. Sin dudarlo, me levanto, corro y me zambullo.

Budapest

Mucho frío, la primera impresión es el frío. Segundo, la ciudad: los edificios, las veredas amplias, el Danubio que corta la ciudad en dos, literal. Después, se adivina un gris en el aire, que no se ve pero se siente. Y un fuego latente, un fuego a la vuelta de cada esquina, un fuego en potencial, una sensación de que puede pasar todo en cualquier momento. Hay algo que se está generando, que crece, que en cualquier momento explota.

Budapest tiene algo parecido a otras grandes ciudades: tiene vida. Permite que el día empiece temprano y termine temprano, o que arranque tarde y termine tarde. O cualquier otra combinación. Permite el juego, otorga la posibilidad, da la libertad. Ese es el gran potencial.

Mi día arrancó con lo turístico: la gran sinagoga judía, el bastión de los pescadores, el castillo de Buda y algo más. Al mediodía, repetí la fórmula de otros días: mercado central y goulash. De postre, compré algún recuerdo barato.

Ahora ando solo, me encuentro a la noche en el hostel con mis compañeros de viaje. No tengo definido qué voy a hacer, quiero encontrar el fuego que ya sentí cerca varias veces. Por eso quise andar solo.

Paso por el puente de las cadenas, tan similar a otros pero a la vez particular. Pienso que es inspirado e inspirador en partes iguales. En la segunda guerra el puente se fue (lo fueron) al agua. La gente cruzaba el Danubio congelado a pie. Yo tengo frío hoy, y todavía no estamos en pleno invierno.

Pienso que en mi pueblo es verano, que hay sol, que el maíz está por florecer, que se acerca la cosecha, que la ruta se llena de camiones, que va a haber accidentes, que se acercan varias muertes.

Todo eso pienso mientras termino de cruzar el puente, justo cuando empieza a lloviznar. Me quiero despejar, me voy a conocer la ópera. La noche ya cae junto a las gotas cada vez más grandes y me digo que mejor un volantazo al plan. Me meto en un bar de ruinas, una de las mejores sorpresas de Budapest. Eso, y los baños turcos.

Algunas cervezas más tarde compartí la parte de la mesa larga donde estaba con dos chicas de Budapest, de las cuales una hablaba un español bastante fluido en lo básico. Pero era la amiga, la que apenas podía saludar y conversar en inglés la que tenía algo, la que insinuaba, la que podía prender la llama. Conversamos algunos minutos, varios a decir verdad, porque recuerdo haber pagado una ronda yo, y una ellas. Siempre las conversaciones en esas circunstancias rondan los mismos temas, las mismas preguntas. Sin embargo, la que no hablaba español se interesaba más allá de lo efímero. Me preguntó algo del alma, de las creencias, si creía que había algo después de la muerte del cuerpo. De la carne, dijo ella; y me tradujo su amiga.

Después me pierdo en el hilo de la charla. Me voy a otros lugares en mi cabeza, me acuerdo de conversaciones con mi abuelo al respecto de eso, de discusiones en un foro que teníamos con algunos amigos de facultad. Me quedo volando entre recuerdos y las chicas me dicen que van al baño, pero me saludan, me preguntan de nuevo el nombre, me dicen nice-tomeetyou, y se levantan y se van. Al baño, pero no vuelven. Me quedo ahí pensando, y reacciono tarde, cuando las veo que salen del bar, que se suben a dos bicicletas que estaban atadas justo frente a la puerta. Me levanto y voy a buscar la llama que busco, pero la llovizna parece apagarla. Corro unos metros por la calle, mientras desde las veredas decenas de jóvenes me miran como a un loco. Me acuerdo que durante un tour, me dijeron que si uno grita en Budapest que le roban su bicicleta, los ciclistas frenan para comprobar que ellos no son los ladrones. Tiro el manotazo de ahogado; grito que me roban la bicicleta, primero en español, después en inglés. Las chicas no escuchan, o no frenan al menos. Se me acercan tres jóvenes rápido, uno ya está llamando a la policía. Le digo que no, que no importa, que estoy borracho y me equivoqué, y de la vergüenza me voy rápido de ahí, sin el gorro y la bufanda, que quedan adentro del bar.

Camino un rato debajo de la lluvia, que molesta más de lo que moja, porque en verdad lo que hace dura la noche es el viento, no el agua. No entiendo el transporte público terrestre, así que camino. Paso, al fin, por la ópera. Llego al hostel rato después y me acuesto sin bañarme, todo mojado, sin posibilidades de fuego esta noche.

Al día siguiente de nuevo me corto del grupo. Voy a caminar sin rumbo pero me aburro y me voy a los baños turcos. No hablo con nadie, el día pasa, el frío llega antes que la noche pero ambos se instalan desde temprano en Budapest. Ceno en el hostel con mis amigos, tomamos unas cervezas en un bar cerca. Me duermo leyendo.

Los días sucesivos no distan mucho. Ando solo, ando con el resto. Alterno lo turístico típico con actividades solitarias. Busco el fuego, sé que está cerca, pero no doy con él. Comparo la situación a los meses previos a empezar mi participación en algunos colectivos de artistas en Buenos Aires, unos años atrás. Saber que algo está por pasar, sentirlo, y querer formar parte. Acá es lo mismo. Quiero estar ahí, formar parte, ser.

Pero no lo logro. Pasan algunos días más y Budapest ya va a quedar en el pasado. Aunque volví al bar de ruinas, no crucé otra vez a las chicas, tampoco a muchas más personas que hablen español. Me relajé con el asunto de la llama, con ese potencial incierto.

Llega el día de irnos y me subo al tren con desgano, sabor amargo. Arranca y mientras salimos de la ciudad, veo por la ventanilla a los húngaros, a los jóvenes húngaros reunidos en los bares, en algunas plazas, algunos –argentina stlye- en las veredas, en las esquinas. El traqueteo del tren se me mezcla con el latir de Budapest, con el corazón de la ciudad que vive, esas pequeñas chispas que no son el fuego pero que lo iniciarán. Me digo que todavía no se encendió la llama, veo chispas, pero falta la gran explosión.

El tren toma más velocidad y con la misma rapidez una certeza me cruza la cabeza y la digo en voz alta. Tengo que volver a Budapest. Pronto, agrego. A los pocos días piso de nuevo la capital de Hungría. En la segunda parte, al fin encuentro el fuego. Pero esa es otra historia.

Uruguay

Puedo mentir y decir que viví en Uruguay. Cuando lo hago, elijo Minas, en el departamento de Lavalleja como mi ciudad natal y Montevideo como marco para las historias inventadas de la adolescencia, y siempre, pero siempre, obvié Punta del Este.

De Minas invento que nací a tres cuadras de la plaza –todos saben o imaginan cuál es la plaza-, sobre la avenida principal "para el lado del bajo". Invento que mi familia fue la dueña durante años de la heladería de la esquina en diagonal al banco República, que funcionaba en el frente de la casa donde nació mi papá y sus seis hermanos. Que esa casa se incendió –todos dicen recordar tal incendio-, y que por eso mi papá se mudó junto con mi mamá a la casa donde luego habría nacido yo y mi hermano menor. Digo que fui al liceo público, que de chico me escapaba en bicicleta a pescar al arroyo –nunca hay que decirle río-, y que de botija crecido íbamos con la muchachada a Cuchilla Alta donde di mis primeros besos. Afirmo sin titubear que cuando ando por la zona siempre visito la casa donde nací y rindo homenaje a la del incendio, y rezongo porque Minas ya no es el mismo pueblo donde nací, pero qué se le va a hacer, los tiempos cambian, digo.

De Montevideo voy cambiando las historias, a veces digo que primero viví en el barrio Reducto, que mi viejo dejó a mi vieja por una mina de Pocitos que al año lo dejó a él por un tipo con guita de Carrasco -que todavía no era lo que es hoy día- y que entonces ella lo perdonó y volvió a casa. Invento detalles de mis estudios, una historia de noche en el Palacio Salvo, invento historias en carnavales, invento una pelea en Cerro y borracheras cerca del Prado, le pongo épica a relatos en el Centenario y cuento con detalles algunos amoríos truncos en Tres Cruces.

Una historia que voy puliendo cada vez que la cuento tiene que ver con mi tío, cuando yo era recién nacido. Tocar mi infancia me permite expandirme en los detalles. Asegurar que fue con una vieja batidora de helado, digo una vez; que con un horno que estaba instalado en el patio contra la pared del vecino, recuerdo otra; y con una heladera que había sido regalo de casamiento de mis bisabuelos y que como no andaba la usaban para guardar herramientas, tornillos, clavos y chavetas en el patio, cuento al pasar en otras oportunidades. Como resultado de ese accidente doméstico en la casa de la heladería, me invento cicatrices, que hago pasar por una marca de nacimiento que tengo en el brazo derecho y otras que digo que no puedo mostrar, o no quiero, o que me avergüenzan. Eso digo.

A veces las fechas de las historias que cuento no concuerdan. Aunque trato de no dar detalles de tiempo, veo que no coinciden los hechos de una y otra historia. Pero nadie se da cuenta de eso, o nadie me lo hace notar. Como sea, todos creemos esas historias más allá de la verdad.

Por no nací en Minas ni viví en Montevideo. Lo único que conozco de Uruguay es Punta del Este. Y digo conozco porque estuve más de una vez, más de cinco, más de diez veces.

De Punta del Este tengo pocas historias que contar, en la Miami de Sudamérica suceden muchísimos hechos más interesantes que los que protagonicé. Para ser preciso, si es necesario, no siempre dormí en tierras propias de Punta. Dormí también en Solanas, en Piriapolis, en La Barra y Portezuelo. Y hay otros.

No tengo amistades en Punta del Este, nunca trabajé en Punta del Este, nunca participé de una pelea en Punta del Este, nunca aspiré en Punta del Este, nunca tuve sexo en la playa en Punta del Este. Nunca hice en Punta del Este lo que la gente va a hacer a Punta del Este. Nunca yo en Punta del Este.

Pero sí ustedes en Punta del Este. Porque nunca viví en Montevideo, no nací en Minas, pero esas historias que creemos verdaderas tienen una raíz, y es Punta del Este. De ser sociólogo, le llamaría experiencia social, pero soy periodista y no sé cómo decirle.

Miré a los uruguayos. Miré a los uruguayos siendo con los turistas, espié a los uruguayos comiendo, a los uruguayos manejando, a los uruguayos yendo de compras y alguna vez en la playa y sin querer miré uruguayos metiéndose los dedos en la nariz, sacándose la malla del culo y discutiendo por comprar una coca cola a 10 dólares.

Entonces imaginé, me abstraje de la Brava, de la parada 5 de la mansa con el Conrad de fondo, de Gorlero con descapotables en colores metalizados y pendejas con más operaciones que años. Y saqué a ese uruguayo barbudo y le agregué un sombrero por el sol, le cambié la malla por una bombacha de campo, lo calcé en alpargatas de yute, le puse una camisa a cuadros azul arremangada y le dejé el mate bajo el brazo. Lo mudé a Minas, le inventé un pasado, un padre. Un hijo que soy yo. Inventé mi infancia en Uruguay.

Estuve en Maldonado, me senté en la plaza del lado opuesto a donde estaba la mítica pizzería Carlitos y miré. Me concentré en una mujer, la bajé de la moto, le saqué el casco y la subí a un auto gama media blanco con algunos detalles de chapa y pintura, comprado de primera mano. Le saqué el vestido floreado y se lo cambié por un pantalón y una remera clara holgada. Le agregué anteojos, le corté un poco el pelo, le cambié las sandalias por unas zapatillas deportivas gastadas. La saqué de Maldonado, la moví a Montevideo. La dejé sola porque el marido se fue con otra, pero se lo devolví cuando el marido también fue cornudo. Inventé la base de mi adolescencia. Inventé a ella, inventé a mi papá barbudo y me inventé yo.

Moviéndome por Punta del Este y alrededores viajé por Uruguay. De Maldonado hice a Montevideo y de un Volkswagen escarabajo rojo despintado el vehículo donde mi papá se llevó los dos bolsos con ropa y la colección de discos de la que era muy celoso, el día que mi vieja lo echó de casa. Me creé un pasado, uno distinto, uno para contar, uno para vivir cuando quiero escapar del presente y no ir a mi pasado real para no estropearlo, para no malgastarlo. Sea el que sea, quiero mi pasado real impoluto.

Miento, y digo que viví en Uruguay. Cuando lo hago, nunca termino de saber si en realidad me hubiese gustado vivir en ese pasado ficticio, a veces lo disfruto pero no siempre estoy seguro de eso, como tampoco estoy seguro de dónde nací realmente, a veces, hasta creo que en Uruguay.

Miami

No sé por qué acepté ir a Miami y gastar plata allá. No es por Estados Unidos, el imperio, el capitalismo como contracara del Che. Bueno, un poco sí, pero no eran esas las razones de fondo. Nueva York, por ejemplo, me gustó como para volver. Era Miami el tema, la Florida, los shopping y Ricardo Fort.

Pero ahí estábamos los dos, mi amigo y yo en un vuelo de American (que es American, no American Airlines; así como British es British pero Aerolíneas Argentinas es Aerolíneas Argentinas) que sin escalas nos llevaba a Miami. En total contabilicé en Buenos Aires trece prendas, y pensé si no sería yeta, entonces agregué un bóxer más. Prefería el borracho a la desgracia en la previa de unas vacaciones.

Un conocido de ambos que curte Miami nos recomendó un hotel con más estrellas de lo que podría acostumbrarme. Nos aconsejó, en definitiva, hacer en Miami lo que todos van a hacer a Miami. En la agenda de actividades había más propuestas snobs y de fuerte erosión presupuestaria que culturales. Poco museo, mucha compra.

La dinámica de Miami es algo así: llegas con poca ropa, mucha plata. A medida que pasan los días, la plata es menos, la ropa es más. Pero no es solo la relación inversamente proporcional, es el flujo y transformación del dinero. Lo primero es un hotel y un auto lo más caro, convertible y llamativo que puedas. Después es ir de compras, luego viene Colins y Lincoln para mostrar lo antes comprado a personas que siempre tienen mejor bronceado que nosotros.

Pero el toque, en verdad el conocido creo que usó otra palabra que no recuerdo, creo era la posta, es -nos dijo y quisimos probar- llegar en limusina a una fiesta privada mostrando ropa nueva, en lo posible combinar negro y blanco, con gorra (visera, gorro o sombrero da igual) brillosa y reloj lo más grande posible: entrar saludando como si fuésemos conocidos, sin parecer desesperados y hablar con acento argentino. "Eso mata, garchás seguro", nos bendijo desde un audio de Whatsapp que guardo como prueba para quien quiera escuchar.

Y eso hicimos. Mal, con torpeza, mostrando vergüenza y sintiéndonos incómodos en una ropa que al menos yo jamás volví a usar pero guardo con asombro de lo que fui capaz.

El Sawgrass, nuestro outlet mall elegido por recomendación de nuestro conocido –ya amigo ahora para nosotros-, es en primer término, algo así como la meca del consumismo; segundo, inhallable si llegas desde un pueblo de la pampa húmeda en un auto que acelera de 0 a multaendólares en pocos segundos. Prefiero no detallar más de esa compra. Apenas bajé del auto me transformé por esas horas en el lugar común del argentino en Miami.

Durante la estadía en esa parte de la Florida conocí a poca gente. No hablo muy bien inglés y mis más extensos diálogos fueron con latinos, en especial con dos peruanos que cocinaban a la vuelta del hotel en un foodtruck apoyado sobre unos tacos de madera y decorado con carteles fluo. Las charlas no son memorables, ni siquiera los nombres de ellos, de la nacionalidad tampoco estoy seguro, pero tengo grabado que en todas las charlas hablaban de dólares y tenían una cantidad incalculable de sinónimos para la moneda estadounidense. Por desgracia me los olvidé todos.

Pero así como mi imagen de Ricardo Fort se revelaba en cada vuelta a la esquina; y en todos los autos rojos veía a Menem aún con patillas; también hubo un hecho inusual, que conté en varios asados y siempre despertó adjetivos variopintos.

Mi amigo salió del hotel y yo me quedé cortando etiquetas a la ropa nueva y tomando una gaseosa de cereza que en Argentina no venden y que no volvería a tomar. Golpean la puerta. Abro sin miedo. Una chica de unos 22 o 23 años vestida con la ropa del hotel pasa sin invitación tras un hello cerrado y bajo. Sin entender todavía la secuencia, miré rápido al pasillo, como haría cualquier protagonista de película de terror, y cerré. La chica entró al baño y menos de dos minutos después salió sin la ropa del hotel, vistiendo, según recuerdo y creo que no invento, un portaligas negro y un corset de encaje que sin lugar a dudas era imposible adivinar llevaba puesto cuando golpeó la puerta de mi habitación en el piso 23.

La historia no prosperó mucho más. Yo largué una pequeña risa nerviosa que desconcertó a la chica, que al segundo me preguntó el nombre y acto seguido pidió usar el teléfono. Habló bajo, poco, y cortó. Me pidió perdón, pasó de nuevo al baño y a los segundos salió vestida como cuando entró, sin pedir permiso, sin vergüenza. Me pidió perdón sin ponerse colorada, me señaló la puerta para que yo la abra, y salió. Esta vez no miré el pasillo ni cómo se alejaba. No sé si tenía lindo culo, aunque a veces invento que sí. Me di vuelta, me tiré en la cama, me reí de nuevo, ya sin nerviosismo, y me pasé las siguientes dos o tres horas pensando en otros desenlaces más prometedores que el real.

Cuando me incorporé miré la habitación y la ropa tirada por todos lados, junto a bolsas, etiquetas y cajas que argentinizaban el ambiente, y me dio vergüenza que la chica haya visto eso y mi bóxer, el que agarré a último momento antes de salir, secándose triste en la canilla monocomando de la ducha.

Volvió mi amigo, le conté arrebatado lo que había y no había pasado, y desde ese momento hasta ahora, los adjetivos se acumulan. Los "vos tendrías que haber agarrado ahí nomás y…" se apilan en mi memoria. Yo lo cuento sin más, con la misma gracia que tendría escuchar el relato de Víctor Hugo si Diego hubiese definido mal en el gol del siglo.

Esa anoche fuimos a bailar a un barco que nunca se separó de la costa, estrené un pantalón verde que lo combiné con zapatillas y camisa blanca, también de estreno. Inútilmente conté los hechos con distintos finales improvisados para mostrarme interesante. De regreso al hotel manejé yo. Cuando llegamos, el conserje nos preguntó si queríamos tomar un champagne sin cargo en el cuarto. Mi amigo lo rechazó, pero tomó ese gesto como prueba de que mi anécdota trunca era verídica. Yo no me arrepiento, la sigo contando tal cual sucedió, solo me da lástima recordar más el auto que alquilamos que haber conseguido un mejor final para contar; pero así es Miami.

Bruselas

Pasaron pocas horas desde que mandé la última nota al jefe de redacción de la web donde trabajaba y terminé mi último turno en el estacionamiento de Chacabuco y Alsina hasta que estuve en la plaza principal de Bruselas.

Bruselas no era mi destino principal, tampoco era el del estacionamiento mi trabajo principal, mucho menos formal. En Bruselas estuve de paso, igual que en el estacionamiento, en eso eran similares. Contrastaban en la luz y blancura que domina la plaza, sobre todo de noche, gracias a la iluminación y lo negro del trabajo del estacionamiento.

Y no entiendo por qué hago el paralelismo entre Bruselas y la changa del estacionamiento, que fue una suplencia a un amigo por un mes y que agarré porque era cerca de la redacción, donde lo único que hacía era estacionar autos –nunca llegué a tocar plata-. Creo, que porque en ambos lugares miraba gente, pero no estoy seguro. Eso es algo que hago en muchos lugares, mucho tiempo, mientras digo que no estoy haciendo nada.

En Bruselas, sin embargo, hubo un tipo de gente que me llamó más la atención. No sé si es correcto decir que la gente que se casa constituye un tipo de gente, es más bien una circunstancia o un hecho el casarse. Cuando se habla de novio y novia se lo hace como sustantivo o adjetivo calificativo, no sé si pueden tomarse como categoría social, pero qué me importa.

De hecho, si pensamos en cuándo se es novio y cuando se deja de serlo o desde cuando se empieza a transitar ese terreno, es muy difícil trazar líneas claras de demarcación. Al comienzo, dos personas que se supone se quieren, se gustan y desean compartir tiempo juntos –de manera no amistosa ni laboral-, podría decirse que son novios, pero como lugar común, cada vez se le intenta huir más a esa categoría; y quienes de manera orgullosa hablan de "mi novio" o "mi novia", escucharon o escucharán críticas en relación a la posesión amorosa de la otra persona.

Cuando se avanza en el tiempo y nos acercamos al fin del noviazgo por superación, es decir por matrimonio, hay un hecho que hace dudar: cuando dos personas dieron el sí ante quien fuere, acto seguido alguien o algunos gritan a voz pelada "vivan los novios". O peor la frase "los declaro marido y mujer, puede besar a la novia". Incluso con el género hay un problema: es "marido" y "mujer", ¿por qué no "hombre" y "mujer", o "marido" y "marida"?

Pero en Bruselas, volvamos, vi muchas parejas en sesiones de fotos para casamientos, muchos novios posando, muchas novias expuestas a los flashes continuos para una fama efímera de una sola noche, de un par de horas, y que luego conforman el triste recuerdo familiar que solo entretiene a los protagonistas –solo dos, siempre solo dos por ahora-, y a algún que otro nostálgico, que no siempre, pero suelen ser también un par.

Y de entre todo ese universo de novios y novias, de comprometidos, de fama intrafamiliar efímera, de compromisos eternos en desuso y de gastos fuera de presupuesto, hubo una pareja que me llamó más la atención por sobre el resto.

Los vi por una calle lateral de la plaza principal de Bruselas, a unos 30 metros de la pizzería donde comía por la noche y que servía la pizza margarita más barata de la zona con un sabor entre aceptable y rico y que contaba con un mesero que hablaba español por haber vivido un tiempo en Madrid, aunque nunca supe cuánto tiempo ni por qué.

Iban en bicicleta. Era una bicicleta negra, de paseo, de hombre. Él manejaba, ella iba sentada atrás agarrándose de la cintura de él con una sola mano, la derecha. La bicicleta tenía las cubiertas blancas y una bocina retro cromada que sonaba estridente y captaba la atención de todos, incluso la mía. Él era menor que ella. Tenía un chaqué negro satinado, con un chaleco, camisa muy clara pero no blanca, y una corbata más fina que lo recomendable para la ocasión. Tenía el pelo corto y un pañuelo del color de la camisa en el bolsillo del chaqué que asomaba triangular. El vestido de ella era lindo, corto y brillaba. Reparé en ella pero no por lo que llevaba puesto, que la mostraba preciosa, tampoco por la diferencia de edad evidente, sino por su cara.

Ella, que iba sentada atrás de costado y agarrando con su mano izquierda el vestido para que no se enrede, bajó frente al fotógrafo después de unos rodeos de la bici para que el profesional capte a los novios –ya maridos- con la bicicleta en movimiento. Me sorprendió que sólo estaban él, ella y el fotógrafo. Nadie la ayudó a acomodarse el vestido cuando bajó de la bici, ni chequeó su peinado ni mucho menos corrigió su maquillaje. Nadie le acercó un ramo de flores, nadie le dijo lo linda que se veía aquel día.

Pero ella no era lo que se podría decir una mujer hermosa. Tenía ojos claros, casi transparentes, es cierto. El pelo ondulado, desconozco si natural, era castaño claro y brillaba más que el chaqué de él y la bocina cromada. Tenía labios carnosos, pero no exuberantes. Cejas y pestañas construían el marco perfecto para la transparencia por la que ella captaba el mundo. La nariz era chica, de curva limpia. Más allá del maquillaje se podían adivinar unas mejillas de piel suave, y si bien el vestido lo escondía, no era difícil imaginar unas sensuales curvas. Lo que desentonaba, entonces, era que por separado y si la describíamos, ella tenía todo para ser hermosa. Si hacíamos una descripción lo más objetiva posible, nuestro interlocutor no dudaría en afirmar que aquella era una linda mujer, pero sin embargo la realidad distaba de convertir aquella frase en verdadera. En Bruselas aprendí que la belleza no sabe de matemáticas ni de la teoría de la Gestalt, que el todo no es más que la suma de las partes, ni tampoco la suma exacta en algunos casos.

Y ahí estaban ellos, irradiando amor, frescura y claridad en una plaza donde el sol reverberaba en cada rincón. Tanta luminosidad pasmaba. Mientras los miraba, pensaba en la gente que como ellos, también son capaces de irradiar luz. Hay situaciones, lugares y personas que iluminan y otros que oscurecen. Y me acordé otra vez del estacionamiento, y me sentí feliz por estar tan lejos de ese lugar, y por haber podido escapar a tiempo aprovechando los escasos beneficios ganados para estar disfrutando ahora de esa plaza y de esa luz. Mientras, a pocos metros míos, entre flash y flash, el novio besaba a la novia –o como quieran catalogarlos-, y antes de irme de ahí, cuando pasé caminando por al lado de ellos, por fin alguien le dijo a ella lo radiante que se veía ese día.

Ciudad del Este

Llegué a Ciudad del Este desde Brasil, desde Argentina. Es decir, por tierra. Se puede llegar por aire, se puede llegar por agua, se puede llegar ilegal; pero nunca se puede salir. Ciudad del Este queda ahí, no se va, no se olvida. Como una experiencia extrasensorial.

Yo llegué desde Brasil, dije. Y ese puente largo que funciona como frontera es un monumento al que nadie respeta. Todos entran o salen de países como quien pasa a saludar por lo de un pariente, salvo que a la casa de un pariente nadie lleva un televisor o un microondas en el hombro o en el caño de una bicicleta.

Pienso en otros puentes que conozco. El de Brooklyn, el Tower Bridge en Londres, el de las cadenas de Budapest, el Hardoy, que cruza el Río Rojas en mi ciudad natal. Y pienso en los puentes, cómo me llaman la atención, y disparo una analogía entre cruzar un puente y la vida misma, pero le encuentro errores, la salida y la llegada, el transitar sobre algo por arriba sin hacerse cargo, y dejo el pensamiento a la mitad mientras que un paraguayo me ofrece cocaína.

Tenía una misión en Ciudad del Este. Entregarle una carpeta con papeles que creía sensibles a un asesor de un senador paraguayo. Por eso me llegué hasta ahí. Y en eso estaba con un mapa escaneado y garabateado en lapicera buscando dar con Luzuriaga 50.

Para preguntar, primero tenía que dejar las bolsas en el piso, repletas de cosas que fui comprando sin necesitar y de las que después pocas me sirvieron: remeras deportivas, medias, mochila, afeitadora eléctrica, lector de memorias, pendrives y otros. Nadie me indicaba con precisión, pero todos me ofrecían llevarme por sumas exorbitantes que luego rebajaban a monedas o propinas. Llegué tras decenas de minutos, más por la falta de orientación –raro en mí-, que por la distancia.

Luzuriaga 50 era un taller de reparación de autos. Entré y nadie salió a mi cruce. Una radio sonaba mal sintonizada. Nadie sabía quién la había prendido ni quien la apagaría. Al fondo había un cuarto cerrado, iluminado con un fluorescente. Pregunté por quien debía recibir los papeles: "Ahora le avisamos". Al ratito de esperar llegó un sapo de otro pozo igual que yo, preguntando por otra persona, y obtuvo la misma respuesta. Los dos esperamos dando vueltas alrededor de los autos en reparación quién sabe de qué. A los cinco minutos, un auto despintado y con detalles de chapa asomó la trompa al taller. Cuando abrieron la puerta del conductor la música inundó el taller convirtiéndolo en una caja de resonancia desafinada y ensordecedora. El muchacho, de unos 35 años, me preguntó si yo era yo, me agarró el sobre, saludó a la distancia al muchacho del cuarto del fluorescente, y sin haber parado nunca el motor del auto, volvió al habitáculo, dio marcha atrás y desapareció en la avenida humeante.

El otro tipo se dio cuenta de lo que sucedía y cruzamos miradas, pero para mi sorpresa, no se sorprendió. Yo salí cuando el auto habría hecho ya unos doscientos metros, sin haber entendido todavía la secuencia. Volví a caminar por una de las calles llenas de puestos. Me ofrecieron sexo con una menor, garotos y perfumes que compré y resultaron ser agua cara.

Para volver a Argentina me tomé un colectivo que me indicaron en un puesto de panchos (con otro nombre), y antes de salir de Paraguay, conté al menos tres casos de pasajeros que desde la ventanilla del bus compraban un sorbo de tereré a unos niños que ofrecían la bebida refrescante en los semáforos, en formato "al paso".

Cuando volví a ver a quien me había pedido el favor de los papeles, le consulté al pasar si había llegado todo bien. "¿Vos llevaste el paquete o el sobre?", me preguntó como quien no retiene detalles. "Si, con el sobre estuvo todo bien, esa vuelta salió bien, no hubo problemas", me completó.

Y no me dio más detalles.

Isla del Sol

El día empezó en Copacabana, desayunamos con mi amigo
—el calentador eléctrico agarrado a último minuto nos salvó el
viaje-, y partimos rumbo al muelle con las mochilas a cuestas.
Yo tenía un gusto particular en la boca por la mezcla de vino,
cerveza y algo que fumé convidado por un noruego o escocés,
que cruzamos en la ciudad después de hacernos amigos en un
camping semanas antes.

Los datos que teníamos a priori eran esa canción tan horrible
como pegadiza y que el Titicaca es el lago natural navegable a
mayor altura sobre el nivel del mar del mundo. Es verdad que
algo tiene, que da alguna sensación, que tiene una energía,
como si susurrara algo toda esa masa de líquido.

En la lancha —no era una lancha, pero tampoco un barco, no
sé el nombre-, nos explicaron mientras navegábamos algo de
la geografía y pobladores de la isla, algo del norte y el sur, o
del este y el oeste. Como no me interesó, no presté atención,
solo se me grabó que Titicaca significa Puma de Piedra. El
sol empezaba a picar y los mates no me tapaban el sabor de
la boca.

Armamos la carpa sobre rastros de otras carpas, cerca de
unos mochileros que hablaban en inglés y que tenían un equi-
pamiento sobredimensionado en comparación a nosotros y a
todo el resto. Durante la tarde caminamos por las ruinas de la
vieja civilización. Sacamos unas fotos increíbles al atardecer
y de regreso bajamos sedientos y cansados.

Dormimos una siesta con los pies fuera de la carpa. Cuando
abrí los ojos, mi amigo masticaba un poco de coca y apuraba
los dos jarritos para liquidar el vino que nos quedaba reparti-
do entre unas botellas de dos litros de coca-cola sin etiqueta.

Descalzo sobre las piedras caminé hasta el margen de lago y me lavé la cara. Pese a ser enero, el agua estaba muy fría, parecía rechazar las visitas de quienes nos animábamos a mojarnos. Cerca había un combinado de nenes en alpargatas y turistas quemados por el sol jugando al fútbol en una cancha de dudoso tamaño y forma. Pensé en prenderme, pero mi amigo ya me ofrecía irrechazable a la distancia mi jarrito servido.

Entrada la noche y ya con las reservas de vino menguantes, nos dispusimos a comer. La geografía y la organización de la isla, algo que no nos interesó en su momento, ahora nos hacía falta. No había luces en ningún lado y solo se veían linternas que se perdían en el filo de los cerros o parecía que se apagaban en el agua.

Comenzamos una caminata errante por los senderos que suben a la montaña, pero ninguno nos llevaba a ningún lado y los abandonábamos a los pocos minutos. Cerca del amarradero donde llegamos, no había más que algo que se asemejaba a una plaza: un rectángulo de unos veinte por treinta metros, seco, con algunas piedras cada tanto, y varias casas alrededor, algunas de adobe y chapas, otras con cemento. Uno de los edificios, creo adivinar, era una escuela.

Entre las remontadas sin éxito por los senderos y nuestra sed crónica durante aquella recorrida por Perú y Bolivia, nos quedamos sin vino y nuestras exigencias para comer se derrumbaron justo en la puerta del único garaje/comedor de familia abierto para que cenen los turistas. Sin preguntar menú ni precios entramos. Me senté después de que me devolvieran el saludo, mientras que mi amigo se acercaba a conversar y pedir un poco de vino. La oferta se acotaba a sopa de espárragos o arroz. Los dos –hartos de los granos blancos- nos inclinamos por la sopa, que resultó ser agua sucia con algunos pedazos de verdura, nunca espárragos, nunca caldo. De todas formas comimos y tomamos como si estuviésemos en nuestra última cena.

Nos llevamos una caja de vino a la carpa, y la tomamos mientras hablábamos del futuro sin preocupación. Trazábamos viajes imposibles, ingeniábamos sobrevivencias austeras alrededor del globo e imaginábamos romances con cada nacionalidad. Nos deshicimos en elogios para con cualquier sistema que apoye la abolición de la propiedad privada. Imaginamos mundos con libertades individuales y derechos colectivos revolucionarios. Brindamos hasta el hartazgo por nuestros líderes muertos e imaginarios de la rebelión que jamás llevaríamos adelante.

El sueño se llevó puesto a mi amigo y yo aproveché para pasear mi borrachera a la luz de la luna y evacuar líquidos antes de dormirme. Camine pocos metros por la costa y encontré un viejo amarradero al que le faltaban varias tablas y las sobrevivientes peleaban sin gloria contra el verdín. Me senté lo más cerca posible de la punta, manteniéndome a salvo de caer al agua.

Hacía mucho que no me sentaba en silencio a contemplar un lago. Esa anoche, sumé al cóctel borrachera, luna y soledad. El silencio permite escuchar el agua golpeando las piedras en la costa, que parece susurrarme algo. Presto el oído: es el lago el que quiere decir. Me cuenta que vio a muchos sentarse en ese mismo muelle corroído, que algunos hasta pensaron en entregarse al agua. Que muchos ingeniaron empresas que nunca emprendieron e imaginaron revoluciones que se marchitaron antes de florecer. Que no soy el primero que lo visita ni al que aconseja. Él –me dice- siempre sugiere lo mismo: darse tiempo, preguntarse insistente hasta asumir la respuesta que se sabe pero se niega. Y ahí, cuando asumimos quienes somos, empezar el regreso a nosotros. Me dice el lago que de la isla donde estoy salió Manco Cápac para fundar Cuzco, que eso hace a la Isla del Sol el lugar ideal para comenzar los caminos. Que lo primero es pensar y preguntarse. Después, sin despedirse, el lago dejó de hablarme.

Al día siguiente me desperté, para mi sorpresa, sin resaca, pero con un torbellino que me nacía en la nuca y me cruzaba hasta la frente rebotando de lado a lado, de izquierda a derecha entre los parietales. Me dije que eran las secuelas de la charla borracha con el lago. Me sentí feliz. Volvimos a Copacabana para seguir nuestra ruta errática por Bolivia. Prometí volver cuando tenga la respuesta asumida. Volver para hablar con el lago sobre los pasos a seguir. Antes de bajar de la lancha, para sellar mi promesa, estiré el brazo y tomé un sorbo de agua. Tenía el mismo sabor asqueroso que tenía en la boca la mañana anterior cuando desperté en Copacabana. La escupí adentro del bote.

Camboya

Siem Riep o Phnom Penh, ciudades que ahora no puedo diferenciar, pero sé que fue en una de ellas. Camboya tiene Angkor Wat, el Mekong, gente baja y simpática, pero yo me acuerdo más de un lugar del que no guardo fotos: Tuol Sleng. No sé, capaz otros recuerdan otras cosas, pero esa escuela con celdas remodelada por los Jemeres Rojos es quizás la más cercana réplica de la ESMA.

Y todo es paralelismo, todo es comparar. ¿Cómo sabemos que algo está bien, si no lo contraponemos con lo malo? ¿Cómo sabemos que amamos a alguien si no lo comparamos con alguien que ignoramos? ¿Cómo entendemos el capitalismo si no hablamos de comunismo? ¿Qué sería de las dictaduras si no existiera la democracia? ¿Qué sentido tendría una lágrima por sí misma?

Para todo debemos comparar, sin una mensura, nada significa nada. Algo toma entidad a partir de que lo comparamos con algo y lo diferenciamos. Por eso nombramos las cosas, por eso en París hay un viejo metro de mármol sobre una pared, por eso mi mamá me enseñó a prestar los juguetes.

Phnom Penh o Siem Riep da igual, porque dentro del hostel la ciudad quedaba lejos. La ciudad parecía no estar del otro lado de la puerta de entrada. Adentro todos nos refugiábamos: del afuera, del resto, del calor omnipresente. En todo mi paso por Asia no pude imaginarme cómo serían esas ciudades si hiciera frío.

Pese a ser de los más baratos, el hostel tenía una piscina. No recuerdo la primera vez que me zambullí en una pileta, no recuerdo la primera ola que me hizo revolcar en la arena, no me acuerdo cuando fue la primera vez que pisé el barro de una laguna cuando tuve que meterme a desenganchar una línea de un junco.

Alrededor de la piscina, algunos charlábamos. No me acuerdo el inicio de la conversación. No me acuerdo si estaba solo o con mis amigos. No retuve tampoco las nacionalidades de mis interlocutores, o si capaz no estaba yo hablando solo.

Pero tengo en la memoria mi voz diciendo cosas de Argentina. En un monólogo crucé al peronismo con el fútbol, Borges y cazar pájaros con una gomera. Hago analogías entre la corrupción y pescar ranas con un trapito rojo adentro de una canaleta de agua servida. Y es ahí, en ese entramado de recuerdos inventados, ideas sueltas, bajadas de línea y argumentos endebles que me escucho.

Me escucho y me descubro diciendo palabras o frases muletillas que odio, que se me pegaron escuchando a gente que me cae mal, a gente que me parece detestable cuando dice esas cosas. Frases que repito cuando hago burla, cuando quiero ser gracioso. Pero ahora las estoy diciendo por mi cuenta. Me escucho y entiendo que yo, entonces, ya no soy yo. Soy ahora también aquellas personas que odio. Soy ellos. Son quienes puteo y hago burla por la espalda, y las maldigo porque de tanto roce, de tanto tenerlas presente, de tanto compararme con ellas, se metieron en mí, me transformaron en algo que también deberé detestar. Y ahora ya no soy yo, soy alguien que odio, alguien a quien si yo fuera mi antiguo yo, intentaría ignorar, me haría burla por la espalda y me reiría señalando con el dedo.

Pienso que las personas que odio, por ese roce nada ingenuo, terminan influyendo en mí. ¿Y qué sucede con las personas que admiro? ¿Tendré yo algo de la bondad de mi abuela? ¿Habré absorbido algo de la dulzura de mi señorita de primer grado? ¿Guardaré algo del compañerismo de mi perra que murió aplastada por un auto?

Alguien me nombra varias veces y me trae de nuevo a la charla alrededor de la pileta. Vuelvo a mí, pero ya no soy yo. ¿Cuántas veces ya habré mudado de piel? ¿Hasta cuándo seré este yo? ¿Qué vendrá después? ¿Podré frenar esta mutación? ¿Me gustará ser quién soy ahora?

Nueva York

Camino por el puente de Brooklyn, voy con los auriculares nuevos, recién comprados, escuchando música en modo random. Tengo la campera abierta porque la caminata me dio un poco de calor, pero la temperatura es baja. Los guantes me los dejo puestos. Es otoño, hay muchas hojas en las veredas, en los parques. El Central Park me gustó más que las otras veces que vine.

Sobre la pasarela del puente agregaron una parte de vidrio en la que se ve hacia abajo, se ve el río, y la sensación es rara. Desde esa altura, el agua se convierte en concreto, lo sé porque lo vi en una película. Lo sé porque desde el trampolín de la piscina municipal un verano caí mal a los 12 años y el conocimiento se me fijó con dolor.

Ese vidrio y el río a tantos metros debajo de mis pies me recuerdan a cuando hice parapente en Cuchi Corral, durante unas vacaciones que recorrí Córdoba. Allá y acá, Córdoba y Nueva York, la misma sensación. La misma pregunta. ¿Qué pasaría por mi cabeza si caigo en caída libre? ¿Qué recuerdos pasarían por mi mente? ¿A quienes recordaría? ¿De qué me lamentaría, o qué me daría orgullo? ¿Me daría pena morirme, o podría irme en paz? ¿Estoy listo para morir?

Empieza otro tema y no conozco la banda, pero me doy cuenta de que los auriculares nuevos suenan muy bien. Me gusta caminar escuchando música. No me detengo sobre el vidrio, espero a que termine, volver a pisar las maderas, y recién ahí me doy vuelta. Todas las preguntas siguen rebotando en mi cabeza al ritmo de ese tema que después se me pegó por meses. Apago la música, pero me dejo los auriculares puestos para mitigar el ruido de los autos. Vuelvo sobre mis pasos para cruzar el vidrio en la otra dirección.

Ese día pasé por el vidrio en la pasarela varias veces, caminé el puente desde Manhattan a Brooklyn y viceversa al menos cuatro o cinco veces. Estuve toda la tarde ahí, hasta que al final me perdí por las calles de Dumbo e imagino, recalé en algún bar por calor y cerveza.

Pienso en mi mamá, en mi abuela. Ellas seguro estarían presentes en esos segundos de caída libre. El otoño neoyorkino propicia la reflexión. Nunca confeccioné mi podio de recuerdos. Durante mis días en Nueva York intento elaborar la lista de los imprescindibles, quiero armar mi cortometraje, el que se proyectará justo antes de que me muera y aunque vaya a ser el único espectador, quiero que sea perfecto. Si va a ser lo último que vea, quiero ir con orgullo de la risa al llanto. Quiero despedirme satisfecho, valiente.

Cuando sale el tema, siempre cuento que mi primer recuerdo es en una guardería, de la que ya tiraron abajo la casona donde funcionaba. Era la hora de la siesta, pero yo en vez de dormir domaba un palo de escoba con una cabeza de caballo de plástico en la punta, en una habitación semivacía, sin luz, con algunas líneas de sol que se colaban por la persiana cerrada y se reflejaban en la pared contraria a la calle. Éste recuerdo me gustaría que esté.

Imagino insertar al menos un recuerdo de mis viajes, pero no sé cuál y no puedo decidirme. Concluyo que debe ser algún momento que olvidé pero que mi mente considera importante que recuerde antes de morirme, entonces en la lista no especifico pero dejo el lugar a completar.

La lista de sucesos de los que me arrepiento es la más difícil.

Anoto pocos, agrego y tengo decenas. Me digo que todo lo que hice, me hace ser quien soy. Borro todo. Me reto, me digo que no puedo ser tan soberbio de no reconocer los propios errores. Vuelvo a arrancar la lista. Otra vez escribo decenas de cosas. Luego tacho algunos, después otros. Vuelvo a cero. Es una lista muy difícil de armar. La dejo para más adelante, que esté pendiente hasta el momento en que deba usarla, completarla bajo presión va a ser lo mejor, me digo.

Un día que visito un museo de historia en Nueva York –da igual cuál- me pregunto quién y con qué criterio de selección decidió los objetos que estarían en el museo. Qué le gustaría agregar a la colección, y qué está en exposición por compromiso, pero cree que no tiene los méritos necesarios para estar ahí. Juego a ocupar ese puesto en el armado de mi propio museo. Qué me gustaría incluir, qué objetos de mi vida valdría la pena exponer. Cuáles ya no existen y serían dignos de exposición, los diplomas que tendría en una vitrina pero considero que no merecen ser mostrados. Recorro todo el museo sin prestar atención a nada de lo que me rodea, solo avanzo en mi tarea titánica de armar las galerías de mi propia exhibición e intento responderme: ¿cuál habrá sido la disposición final del muñeco de Alf que durmió conmigo tantas noches? ¿Alguien habrá desenterrado las cartas y cuentos que escondí en el patio de mi vieja casa por vergüenza a que los lea mi hermano? ¿Algún viejo compañero de primaria recordará los secretos que le conté? ¿Quién fue la primera persona que se olvidó de mí?

Como dice el dicho –y si no existe, acá lo invento-, "todos los años debemos encontrarnos en Nueva York". Yo abono la idea, y espero al año que viene para regresar y entre las hojas secas y las caminatas envuelto en frío poder terminar las listas de cosas pendientes. Quizás, pienso, hasta entonces viva algo que amerite agregar, y antes de que despegue el avión, cruzo los dedos y pido un poco más de tiempo para tener mi corto-metraje terminado antes de tener que proyectarlo.